DE LA PRESSE

AU POINT DE VUE

DU POUVOIR.

PARIS.

JULES LAISNÉ, LIBRAIRE, GALERIE VÉRO-DODAT, 1.

ET LES PRINCIPAUX DÉPOSITAIRES DE PUBLICATIONS NOUVELLES.

Novembre 1840.

DE LA PRESSE
AU POINT DE VUE DU POUVOIR.

La révolution de 89 a fait en politique ce que la réforme opéra en religion, trois siècles auparavant, elle a fondé le principe du *libre examen*.

De cet élément nouveau est sortie une puissance nouvelle, la presse politique.

De ce que la presse est née du libre examen, c'est-à-dire de l'esprit de doute, il suit qu'elle est révolutionnaire.

Et de ce que son principe est celui de la société, il résulte qu'elle est une puissance.

La presse est donc une *puissance révolutionnaire*.

Une puissance révolutionnaire est ce qu'il peut y avoir de plus terrible au monde, car ces deux mots signifient tout simplement, abus de la force.

Toute puissance révolutionnaire vit de lutte et de mouvement.

Tout gouvernement vit de force et d'ordre.

De ce que la presse est *puissance*, il résulte qu'elle est incompatible avec le *pouvoir*, dont le nom indique l'essence; et de ce qu'elle est révolutionnaire, il suit qu'elle est incompatible avec l'ordre.

La conséquence est terrible; elle est terrible, car la presse existe, et ne peut pas s'empêcher d'exister.

La presse est encore irresponsable. Cela la caractérise particulièrement.

De ce que la presse est irresponsable, il suit qu'elle peut tomber entre toutes sortes de mains, entre celles des moins dignes de préférence. Ce qui fortifie ce caractère, c'est qu'elle se manie dans l'ombre. Dès lors les hommes médiocres de caractère, ceux dont la vie a des taches que le grand jour ferait voir, ceux qui sont lâches, haineux, lancent par son moyen le fiel qu'ils ont distillé dans les ténèbres.

Il est encore une conséquence de l'irresponsabilité de la presse, c'est que, bien qu'il faille de l'esprit pour s'en servir, cet esprit pourra être de peu de consistance, sophistique, paradoxal, comme cela arrive, pour ceux dont les théories ne subissent pas immédiatement le contrôle de l'application.

Il suit de là que les principes de la presse sont exagérés par les hommes qui s'en servent, puisqu'il est dans son essence d'être exploitée par des hommes de peu de valeur, soit sous le rapport de l'esprit, soit sous celui de la conscience.

Je serais curieux de savoir ce que Montesquieu

aurait pensé de la presse, car ce que nous entendons par ce mot n'existait pas de son temps, bien qu'il y eût déja des publications périodiques. Peut-être son génie aurait-il dû la pressentir. Qu'aurait dit ce roi des intelligences du levier qui soulève et fait sortir de leurs gonds les sociétés modernes?

Nous n'avons point de Montesquieu dans ce siècle ou tout s'amoindrit; mais nous avons des esprits à qui il est donné de pousser parfois des pointes hardies sur l'avenir. Eh bien! un de ces esprits a dit — *qu'il ne serait pas plus permis, dans trente ans, de fonder un journal, qu'il ne l'est aujourd'hui de lever un régiment.* — Montesquieu aurait dit quelque chose comme cela.

Il y a à Paris une quinzaine de journaux principaux, réunissant environ cent mille abonnés et un million de lecteurs, ce qui représente la France entière. Je ne parle pas des journaux des départements, qui sont au nombre de plus de deux cents.

Il y a en France un Roi, neuf ministres, trois cents pairs, quatre cent cinquante-neuf députés; cela est le gouvernement légal. Il y a en outre quatre-vingt-six préfets dont l'autorité s'étend sur vingt-six mille maires; ce sont les délégués du gouvernement. J'additionne ces chiffres, et je trouve une proportion effrayante : les *délégués* de la presse sont quatre fois aussi nombreux que les fonctionnaires du gouvernement.

De quel côté est le pouvoir?

Et je n'ai pas dit, car il n'y aurait pas eu de proportion possible, que ces cent mille délégués de la presse de Paris agissaient sur ces mêmes fonctionnaires du gouvernement, qu'ils portaient la corruption, la dissolution jusque dans ses entrailles; je n'ai pas dit, car je n'aurais pas osé écrire des chiffres, que l'action de la presse était de tous les jours, de toutes les heures, de tous les moments, qu'elle s'introduisait dans le foyer, dans l'intimité de la famille, qu'elle s'identifiait avec l'individu et devenait sa pensée; je n'ai pas dit... mais aurais-je pu tout dire?

Je jette les yeux sur l'histoire et je ne trouve qu'un exemple d'une puissance comparable à celle-ci, c'est celle de l'organisation catholique, telle que l'avaient faite la foi des premiers chrétiens, l'horreur de l'esclavage, le dégoût pour une religion surannée; telle que l'affermirent Zacharie, Grégoire VII, Innocent III; telle que l'avaient transmise au seizième siècle, les siècles de Charlemagne, de Philippe-Auguste et de Saint-Louis; telle que, à travers les hérésies, elle est venue aux portes de la révolution.

L'organisation catholique planta une croix à chaque angle de deux chemins; elle la plaça sur les langes de l'enfant et sur le linceul du mort; elle l'incrusta dans la pierre, dans le fer; elle la riva à la vie de l'homme qui, marqué de ce signe, fut fait sien. Elle saisit l'individu, la famille, la société ; elle les lia, les oignit, les sanctifia, les punit, les sauva. Partout où il y eut trace de l'homme, elle y fut ; partout où il y eut un acte humain, elle y présida. Il n'y eut point deux ordres d'idées, il n'y en eut qu'un, le sien ; l'homme ne fut pas civil et religieux, il fut religieux, ce qui fut tout. Elle avait compris la puissance de cette action qui s'exerce d'une manière incessante, qui ne donne pas à l'être un instant où il soit seul, qui pense, parle, souffre, se réjouit pour lui, qui s'en sert comme d'un instrument, que dis-je ? comme d'un membre qu'elle s'est identifié.

Eh bien ! voilà ce que fait la presse ; et comme l'organisation catholique conquit le monde, la presse se l'assujettit. Il n'y a qu'une différence entre ces deux puissances, c'est que l'une était d'ordre et que l'autre est de révolution.

Je pourrais pousser plus loin la comparaison, il me serait facile de montrer la presse lançant ses excommunications, comme la papauté, contre les hommes qui refusent de subir son joug, mettant tel individu en interdit, telle œuvre à l'index ; je pourrais prolonger ce parallèle ; mais il y aurait quelque chose de puéril ; on peut saisir mon idée, cela me suffit.

J'ai dit que le pouvoir n'appartenait pas à ceux qui en prennent le nom ; mais bien aux journaux, puissance rivale et supérieure dont la tendance perpétuelle est d'entrer en partage des intérêts sacrés qu'un gouvernement a pour mission d'administrer.

En effet, les pouvoirs se sont déclassés, la hiérarchie a cédé; la France appartient à présent aux cinquante rédacteurs des quinze journaux de Paris.

Cela me conduit à m'informer de ce que sont ces messieurs.

Je ne veux pas en médire; ce sont de charmants garçons, fort insouciants du lendemain, menant joyeuse vie et fort peu accablés, il faut le dire, par les soins de leur gouvernement. Les insomnies du pouvoir ne les font point maigrir, ni pâlir, et ils portent pour devise « courte et bonne. »

Ces messieurs se couchent tard, il est vrai; mais jamais sans souper, et d'ailleurs ils se lèvent tard aussi.

Le travail ne les tue pas, ainsi qu'on va le voir par l'emploi de leur journée.

Il font en se levant un tour ou deux sur le boulevart, dans la partie comprise entre les rues du Helder et Grange-Batelière; ensuite de quoi ils entrent chez Tortoni, où l'on déjeune fort bien : cette opération à lieu à une heure.

On trouve d'excellents cigares dans les environs du Jockey-Club (il est inutile de dire que ce n'est pas la régie qui les vend); ces messieurs fument un cigare.

On va faire un tour à la Chambre, à la Bourse,

on apprend les nouvelles, on flâne, cela mène au dîner.

Sorti de table à huit heures, on va prendre l'air au foyer de l'Opéra ou des Italiens. On met peut-être le nez dans la salle pour la cavatine de Duprez ou pour le duo de Grisi et de Rubini.

Onze heures arrivent; c'est le moment des affaires. Ces hommes d'état se réunissent autour d'un tapis vert où se trouvent toutes les feuilles du jour. On jette les yeux sur celles du soir, on prend une plume et l'on écrit l'article (je veux dire l'ordonnance) du lendemain.

Il est minuit; c'est l'heure du souper. Le Café de Paris reçoit ces heureux mortels.

On se couche habituellellement à deux heures.

Nous aimons à connaître la vie de nos princes : on sera charmé de voir combien elle est douce. Bons princes, aimables princes, ils ne se livrent pas à la mélancolie, qui rend atrabilaire; ils passent leurs jours et leurs nuits dans la joie : excellents princes !

Rendons leur grâce de la bénignité de leur gouvernement, ils nous font beaucoup de mal assurément; mais, selon leurs doctrines, le gouvernement est un mal nécessaire; ils pourraient d'ailleurs nous en faire davantage; soyons-leur reconnaissants de celui qu'ils ne nous font pas. On est si enclin à abuser d'un pouvoir qui n'a pas de limites ! Un monarque absolu abuse de l'autorité et devient tyran; un journaliste, monarque absolu de la pensée, doit devenir révolutionnaire, car la révolution, c'est l'abus de l'intelligence.

Dans les pages qui précèdent, j'ai caractérisé la presse, soit qu'on la prenne d'une manière absolue, soit qu'on la considère sous le point de vue des hommes qui l'exploitent; il me reste à la juger dans ses rapports avec le pouvoir.

J'ai dit que la presse, puissance révolutionnaire, irresponsable et essentiellement obligée à la lutte, était, par toutes ces raisons, l'ennemie naturelle, irréconciliable du pouvoir; que les principes sur lesquels reposaient la presse et le gouvernement étaient antipathiques l'un à l'autre; qu'entre eux ilne pouvait y avoir que guerre.

J'ajoute que l'accord apparent et momentané qui pourrait les réunir serait fatal au gouvernement. Cet accord, en effet, prouve que l'un des deux s'éloigne de son principe et se fourvoie; mais celui dont le principe est le mouvement, peut l'oublier sans danger, il ne fait qu'être conséquent avec sa nature; il n'en est pas de même pour l'autre, chaque pas qu'il fait hors de ses voies est pour lui une défaite, car l'esprit de suite est l'élément essentiel de l'ordre; on est obligé d'être conséquent quand on se trouve à la tête d'un état.

Si, au contraire, il y a opposition bien nette, bien tranchée entre la presse et le pouvoir, il faut avoir confiance dans le gouvernement, il est dans ses voies.

Un hommé d'état se trompe donc quand il essaie d'allier ces deux choses, la presse et le pouvoir; s'il se livre de bonne foi à de telles illusions, il sera amèrement détrompé; s'il sait ce qu'il fait, il est bien coupable, il sacrifie à leur plus mortelle ennemie les destinées du pays dont le bonheur lui fut confié.

Faisons, en deux mots, l'historique de la question:

La révolution de juillet fut faite par et pour la presse. C'est son péché originel. Le gouvernement né d'elle est appelé à l'expier cruellement. Cependant ce gouvernement s'établit en si peu de temps, que les idées mauvaises, qui sont la lie de l'âme, et qui, dans toute fermentation, montent à la surface, n'eurent pas le temps de prendre leur cours déréglé. Le pouvoir nouveau rallia dès l'abord la presque totalité des suffrages. Puis, il faut le dire, chacun espérait trouver sa part dans l'immense curée; tant que dura cet espoir, l'ordre ne reçut pas d'atteinte grave et le gouvernement put s'asseoir.

Mais le temps des mécomptes arriva.

L'hydre, énivrée de sa victoire, s'était un moment assoupie; elle se réveilla bientôt, agita ses cent têtes, fit retentir ces horribles voix, et, mécontente du partage, elle voulut en provoquer un nouveau. L'émeute, docile instrument du monstre, lui répondit dans la rue, et le pavé fut plusieurs fois teint de sang.

Pourtant à un ministère faible ou coupable avait succédé celui d'un homme qui savait ce que c'est

que le pouvoir. L'opposition fut formidable, mais
la majorité était sincère et courageuse. Il y eut de
belles luttes où l'ordre remporta des victoires si-
gnalées. Casimir Périer fonda le gouvernement de
juillet.

La violence de la presse ne connut pas de bornes ;
mais, en présence de ce débordement de ce qu'il
y avait de pervers et de *taré* dans la nation, la con-
duite du pouvoir fut digne, il la méprisa.

Les nobles passions tuent les hommes, non pas
les basses, parce qu'il n'y a que les premières qui
soient sincères. Casimir Périer, homme de passions, mourut à la peine.

Parmi les hommes qui lui succédèrent, car il
y en eut plusieurs (l'unité avait disparu), il s'en
trouva un qui avait hérité de ses doctrines, et, en
partie, de son caractère ; cependant on ne se sou-
vint plus de son noble mépris pour la presse.

A défaut de ce mépris puissant, dont certaines
grandes âmes seules sont capables, ce qui réussit
le mieux contre la presse, c'est une guerre franche,
hardie. Le nouveau cabinet eut le courage, le mal-
heur des circonstances aidant, de la déclarer.

Plusieurs feuilles tombèrent ; les autres en eurent peut-être plus d'influence.

Après deux révolutions ministérielles, où le
pouvoir s'affaiblit encore, ce qui eut pour conséquence de fortifier la presse, des hommes furent
portés au ministère qui eurent pour principe de
la corrompre.

Quand on est pas assez digne pour mépriser, et trop faible pour combattre, ce qui reste à faire, c'est de corrompre.

Il était un journal de principes flexibles, mais qui, par le talent de sa rédaction, par son ancienneté, par la classe de lecteurs à laquelle il s'adressait, exerçait une grande influence dans le pays; on jeta les yeux sur lui, et 12,000 fr. par mois furent le prix de son concours.

Deux *revues,* dont la chronique avait de l'importance, se livrèrent aussi à prix débattu; il en fut de même d'un journal rédigé avec talent, qui avait été fondé depuis peu de temps.

Dès lors le gouvernement eut le plaisir d'entendre chaque matin un concert d'éloges à son intention. Cependant les autres journaux redoublaient d'amertume. Le motif apparent, c'était la corruption; le motif réel, c'était la jalousie; car, et c'est une observation que j'aurais trouvé l'occasion de placer plutôt, ceux même qui se servent de la presse semblent en méconnaître la puissance, et le mépris avec lequel ils la traitent est assurément une des bonnes fortunes du pouvoir.

Mais la Chambre des Députés, qui reçoit assez généralement ses inspirations de la presse, prit fait et cause dans la question de corruption, et déclara qu'elle ne votait pas les fonds secrets pour faire encenser le ministère.

Sur ces entrefaites, un nouveau cabinet se forma,

qui prit l'engagement de ne plus subventionner la presse. Il tint sa parole et tomba.

Après ce ministère, qui fut dupe de sa bonne foi, vint celui d'un homme qui ne sera jamais dupe. Le système corrupteur fut de nouveau et solennellement honni; mais huit jours ne s'étaient pas écoulés depuis la formation du cabinet, que cinq journaux (je ne compte pas les deux *Moniteurs*), s'empressaient à l'envi de combler son chef des éloges les plus extraordinaires; auraient-ils été payés pour cela, ils n'auraient pas mieux agi.

Comment cela s'était-il fait? Comment l'âpre vertu des anciens jours avait-elle cédé? — Mon Dieu, il n'y avait pas eu à cela de grands mystères, le pouvoir avait tendu la main à la presse et lui avait dit : « Je suis votre très-humble serviteur, soyons amis. » La presse aurait eu mauvaise grâce à faire la revêche; elle savait assez que tout rapprochement entre deux puissances se fait au profit de la plus forte.

Ce moment a été redoutable pour la société, la révolution avait mis le pied sur le seuil, la presse saisissait les rênes de l'Etat. Dieu sait où elle nous eût conduits.

Un nouveau cabinet, où se trouve cet héritier de Casimir Périer, dont je parlais tout à l'hure, s'est formé. Je ne m'occuperai pas de ce qu'il va faire dans cette question, il me suffit de savoir ce qu'il ne fera pas.

Entre une presse achetée et une presse alliée, je n'hésite pas à préférer la première. Il n'y a pas d'alliance possible avec ce qui détruit tous les liens.

Cependant acheter n'est, après tout, qu'un moyen transitoire, un palliatif impuissant. Ce que vous achetez pour votre compte peut se vendre pour celui de vos ennemis; la confiance est bannie de ce commerce, et, partant, la sûreté.

Que faut-il donc?

C'est dans les entrailles mêmes de son ennemi qu'on doit chercher les moyens de le vaincre. La presse, révolutionnaire par essence, vit de désordre et de lutte; le repos et l'ordre doivent la faire périr.

Vous fortifiez donc la presse quand vous, pouvoir, vous engagez avec elle une polémique, quand vous répondez à ses attaques, quand vous donnez des démentis à ses mensonges. Mentir, attaquer, combattre, c'est sa vie, on le sait; mais vous le feriez oublier par le soin que vous prenez à le faire remarquer. Mon Dieu! consentez donc à devoir quelque chose au bon sens public.

Et cette lutte qui la grandit, vous dégrade. Vous descendez de sur le trône dans l'arène, vous trahissez toutes vos faiblesses, vous abdiquez votre majesté. Jupiter assiste au combat, mais il ne s'y mêle point. Le roi des dieux est immobile, c'est le caractère de la force, il est immobile, mais s'il fronce le sourcil, le ciel s'émeut.

L'ordre étant la première condition de tout gouvernement, tous ses actes doivent tendre à l'établir et à le conserver. Il ne m'appartient pas de faire un cours de politique à l'usage du gouvernement, ce que j'aurais à dire d'ailleurs sur les moyens de concourir à obtenir ce bien précieux, qui est un des éléments de mort de l'ennemie que je combats, serait trop long pour trouver place ici. J'en indiquerai seulement quelques-uns :

Augmenter, dans une grande proportion, les difficultés de parvenir aux emplois.

Ne jamais promettre, à cet égard, plus qu'on sait ne pouvoir tenir, plutôt moins.

Agir auprès de l'université pour qu'elle fût d'une sévérité extrême et rigoureusement conforme aux programmes des questions, dans la délivrance des diplômes des sciences, des lettres et des arts.

Favoriser l'agriculture aux dépens des métiers qui font affluer les ouvriers dans les villes.

Ne pas se regarder comme obligé à donner du travail à ces derniers.

Ne jamais prendre un fonctionnaire dans la presse et rarement au barreau.

L'ordre consiste en ceci : que chacun se livre à la profession qu'il peut acquérir le plus facilement.

Tous les efforts d'un gouvernement doivent tendre à assurer cet état

Les principes que j'ai posés me conduisent à des conclusions forcées.

Tout rapprochement entre la presse et le pouvoir se faisant au profit de la première, en vertu de cet axiôme, qu'on ne peut toucher à ce qui est plus fort que soi sans le grandir, il suit, *qu'il ne doit y avoir rien de commun entre le pouvoir et la presse.*

Le gouvernement aura un journal officiel de ses actes, borné à cela seul.

Il ne s'abaissera jamais à relever un mensonge, car les démentis qu'il donne ne sont rien en comparaison de ceux qu'il ne peut pas donner, et cela ne fait qu'engendrer des taquineries quotidiennes qui, en assimilant le pouvoir au journalisme, le mènent à un combat inégal où on l'assassine chaque matin.

Il y aura deux sphères, deux régions, l'une élevée, calme, majestueuse, où le vent d'en bas ne soufflera pas, ce sera celle du pouvoir; l'autre fiévreuse, incessamment agitée, où l'on vague dans de basses latitudes, livré à tous les vents des passions, ce sera celle de la presse. Celle d'en haut n'abaissera jamais ses yeux sur l'autre; au-dessus de ses outrages, elle ne se souviendra de son existence que pour la mépriser.

Je ne sais pas s'il y aura jamais en France un pouvoir capable de se conduire d'après ces idées; les hommes de courage deviennent rares, on craint de se jeter hors des chemins battus; ouvrir une voie nouvelle semble une tentative révolutionnaire à ces hommes timides qui ne voient pas que la révolution, c'est le présent, qu'elle nous enveloppe de toutes parts, qu'elle nous dévore, que si nous pouvons être sauvés, ce n'est que par une entreprise hardie et nouvelle qui nous arrache à ce qui nous étouffe et nous jette dans l'avenir.

Je ne dis pas d'ailleurs que l'on puisse, par quelque moyen que ce soit, assurer une longue vie à la société; cette époque renferme des symptômes de mort qui n'ont pas échappé à certains esprits; mais l'art du médecin, souvent impuissant à guérir, consiste aussi à prolonger, en l'améliorant, un état qui laisse peu d'espoir. Telle est la position des médecins du corps social en présence de ce malade que les souffles généreux de l'âme n'animent plus.

J'ai voulu poser la question la plus grave de cette époque si féconde en graves questions. La traiter serait immense, et peu d'hommes y suffiraient. Mais qu'on sache bien de quoi il s'agit, voilà ce qui importe et voilà ce que j'ai voulu établir.

PARIS. — IMPRIMERIE DE POMMERET ET GUÉNOT,
Rue Mignon, N° 2.